입술 없는 꽃

입술
없는

꽃

메브라나 잘라루딘 루미 시집

Mevlana Celaleddin Rumi

이성열 옮김

문학수첩

읽을수록 스며드는 영혼의 시

Dr. 에르긴이 영어로 번역한 루미의 디반(Divan)* 시집을 받아 들고 나는 시간 가는 줄도 모르고 단숨에 그 시들을 읽어 내리기 시작했다. 나는 곧 예상하지 못한 감동에 휩싸여 이 시들에 대하여 그리고 점차적으로 이슬람교의 신비주의자인 '수피(Sufi)'에 대하여 관심을 갖기 시작했다. 시들을 번역하면서도 나는 시간이 갈수록 묘하게 느껴지는 짙은 흥분 때문에 늦도록 밤을 새우곤 했다.

---

* 디반: 두 개의 행이 한 연을 구성하며 서로 연관된 내용을 이루는 형식의 사행시.

루미의 시들은 읽으면 읽을수록 영혼 속으로 스며드는 야릇한 힘이 있다. 마치 종교처럼 파문으로 번져 오는 영적, 시적 감흥이 바로 그것이다. 이 시들을 루미가 13세기에 썼다는 사실을 접할 때, 과연 현대를 살고 있는 우리 인간들의 사고 능력이 얼마나 발전해 왔는지에 대하여 의문스럽기까지 하였다.

여기에 번역된 시들은 사만사천 수가 넘는다는 루미의 운문(韻文)들 중 고작 백여 편을 소개하는 것이니, 정말 빙산의 일각에도 미치지 못한다. 일일이 손으로 쓴 그 원본은 터키 코니아(Konya)에 있는 메브라나 박물관과 이스탄불 대학 도서관이 나눠서 소장하고 있다.

1956년 괼프나를리 씨는 그중 일부를 주제별로 묶어 튀르키예어(語)본으로 번역하여 《굴 데스테(Gul Deste: 장미꽃 다발)》라는 제목으로 처음 간행하였다. 이어서 그는 몇 해를 두고 전량을 튀르키예어로 번역해서 출간하였다(Divan-1 Kebia of Mevlana Celaleddin Rumi).

오, 나의 향기를
맡고자 하는 이는
그대가 먼저 죽어야 하느니

그대가 살아서는
나를 찾지 말지니
그대에게 보이는 모습으로서는
내가 아니니
(H.M,g46,V485)

    루미의 디반을 이해하고 따르는 수피들은 그들 세상의
목적을 '자아의 소멸(또는 죽임)'로 묘사한다. 그들은 이 '부재
로 이르는 존재의 분해'를 실행하기 위하여 단식과 단전 호
흡 또는 심적 고행 등을 수도 없이 경험하면서, 독서와 토
론 그리고 친교를 병행한다. 물론 이들은 수양의 첫 단계로
회상(Dhikr), 내핍(Riyadat) 그리고 회개(Inklsar) 등을 거쳐야
한다.

    루미의 말에 의하면, '자아의 소멸은 성자의 고약(膏藥)'
이다. 이를 얻을 수 있는 자는 누구나 신성한 비밀과 끝없는
진리를 보게 될 것이라는 말이다. 그는 수피들이 '행위의 자
기 소멸'을 통하여 영혼을 발견할 것이고, '속성의 자기 소
멸'을 통하여 절대 사랑을 경험하게 되며, 종국엔 자기 소멸
안의 소멸인 '본질의 자기 소멸'에 이르게 된다고 말했다.

    루미를 이해하려는 사람은 누구나 학문적인 연구만으
로는 성공하기 어렵다.

루미는 1244년 10월 23일 타브리즈의 신의 태양 (God's Shems of Tabriz: 루미 자신이 곧잘 이렇게 표현했음)을 만나기 전까지 그 자신도 일개 학자에 불과했다. 그날 이후로 그는 신(神)의 애인이 되었다는 것이다. 루미의 추종자들은 이 만남을 일컬어 '대양의 합류(Mark-al bahraynn)'라고 부른다.

루미의 전기를 쓴 시페살라와 에프라이키는 셈스와 루미가 젤쿠브(연금술사)의 집 작은 방에서 반년 동안을 함께 보냈다고 한다. 이 기간이 루미의 생애를 이해하는 데 가장 중요하고도 이해하기 힘든 부분이 될 것이다.

한 방울의 체액이던 그대는
피가 되었고, 그리고 자라나서
그토록 아름다운 것이 되었나니
오, 인간이여, 내게 가까이 오라
내가 그대를 보다 더 낫게
만들 수 있으리니
(B.R,g89,v864)

당신은 어떤 태양이기에, 오, 타브리즈의 태양이여,
당신의 빛의 한 줄기가 세상의 주인이 되었습니까
(슈슈드)

미국에서 디반은 영역 출판한 이래 오십여만 부가 팔려 나가는 기록을 이루고 있다. 또한 독일을 비롯한 프랑스, 스페인, 포르투갈 등 유럽에서도 출판하여 각광을 받고 있다.

　그러면 왜 많은 사람들이 영적으로 숨 막히는 현대 상황에 대한 강력한 해독제를 루미에게서 찾고 있는 것일까?

　우리는 어디서 왔는지도 어디로 가는지도 모른다. 인류의 가장 비극적 아이러니는 우리가 무엇 하러 여기에 왔나를 알지 못하고 죽는 것이리라. 우리는 우리의 가족과 사회로부터 유전자적으로 이어받은 능력을 이용하여 이 예측할 수 없는 세상에서 편안한 안식처를 만들려고 부단히 노력하고 있다.

　그러나 인류를 가장 괴롭히는 문제, 즉 생명, 죽음, 신, 운명, 인간 등에 대한 대답은 이런 대상들이 모두 우리의 인식을 초월한 문제들이라는 것이다.

　하지만 우리는 이 인식의 자식들이기 때문에 그리고 다윈의 진화론은 단지 인식적 진화의 외적 포장이기 때문에, 우리 삶의 목적은 새로운 삶의 인식을 경험하고 얻는 데 있다고 해도 과언이 아니다.

　우리는 한 발을 이 세상에 딛고 살아가면서 다른 사람들처럼 최선을 다하며 살아가는 반면, 다른 한 발은 다른 세계[不在]에 딛고 '무아(無我)'의 경지가 되도록 노력할 수 있다. 루미의 시가 바로 우리에게 그 과정을 이해하도록 돕는 셈이다.

> 동정과 자비를 위하여는
> 태양과 같이 되어라
> 남의 허물을 덮어 주기에
> 밤과 같이 되고
> 관용을 강처럼 베풀라
> 노여움은 죽음처럼 그리고
> 겸손하기 땅처럼 되어라
> 당신의 모습대로 내보이고
> 당신이 내보이는 바대로 되어라

루미의 세계에 있어 우정과 사랑은 바로 그 본질적 가치가 된다. 영혼들 간의 그러한 고무적인 우정을 계발함이 바로 루미의 시에서 그 중심 테마를 이루고 있다. 오늘날처럼 정치, 과학, 종교, 철학 등에서 해답이 없는 상황이라면, 이러한 루미에의 초대를 통하여 독자들이 그를 이해하고, 받아들이고 그리고 그 혜택을 누리고자 한다면, 아마도 그 자아 소멸 과정을 거쳐 하나의 가장 가치 있는 삶의 대안을 발견하게 될 수 있을지 모를 일이다.

끝으로 이 책을 번역하는 데 보다 나은 이해를 위하여 도와주시고 격려해 준 Dr. 에르긴 그리고 발행하는 데 힘써 주신 김종회 교수님께 심심한 감사의 뜻을 표하는 바이다.

캘리포니아, 로스앤젤레스에서
이성열

1

오라, 우리 서로
영혼으로 이야기하자
눈과 귀로는 비밀인 일들을

우리 서로 이와 입술이 없는
정원의 장미들처럼 미소 짓자
혀와 입술이 없는
생각으로만 이야기하자

신의 지혜처럼 우리의 입을 열지 말고
끝까지 세상의 비밀을 말하자

어떤 이는 귀로 듣고
입을 쳐다봄으로써만
비로소 이해할 수 있지만
우리는 그들의 집을 떠나도록 하자

아무도 자신에게는 크게
말하지 않는 법

우리들 모두는 하나이므로–
우리 그렇게 한 몸처럼 이야기하자

그대는 자신의 손더러
"만지라"고 말하는 일이 있는가?
손은 몸의 일부이므로–
우리 그렇게 한 몸처럼 이야기하자

손발은 늘 영혼이 원하는 바를 알고 있거늘
영혼은 자신의 운명을 알고 있으므로
이렇듯 아무 말 말고 우리의 영혼으로만 말하자
그대가 원한다면 내가 그 실례를 보여주리니

2

사랑,
사랑을 택하리니
그대도 알 수 있듯이
아름다운 사랑이 없는 삶은
단지 수고로운 짐일 뿐
세상의 기쁨과 영광을
그대도 알 수 있듯이
사랑하는 이들 가슴속에 있는 허세는
수치이고 불명예일 뿐

그대의 사랑이 나를
손짓하고 부르며 묻기를,
"왜 당신은 지나치며 머물지를 않습니까?"
또 그대의 사랑이 말하기를,
"나를 자세히 보십시오, 당신이 도처에서
볼 수 없는 건 바로 나니까요"

"나는 당신의 양식이요, 안식처이니
내가 당신의 마음을 사로잡았지
당신이 나로부터 영혼을 구했다면,

그 영혼은 이미 당신에겐 소용없으리"

3

오, 사람들이여, 사랑을 껴안으라
그 부름에 답하라, 그리고 그에게 달려가라
신은 오로지 사랑에게만
영원을 부여하도다

오늘도 하늘에선 깨어 있는 사랑이
자고 있는 가슴들을 부르고 있도다

사랑은 우주의 생명이요, 느낌이니
사랑이 없는 삶이란 오로지
빈 껍데기에 불과할 뿐이니

그대로부터 사랑을 가져가는 자는
친구가 아니요, 적일 뿐
오직 사랑을 구원할 수 있는 건 인내심이라

침묵하리니, 아무 말도 말지니
눈물이 모두를 말할 수 있도록
가슴이 타기 시작할 때
비로소 향내가 나는 법

4

군마(軍馬)와 무기를 가지고는
아무도 군주에게 도달하지 못했도다
말과 병기를 버린 자만이
군주에게 도달할 수 있는 법

구름처럼 이 땅 위에 한없이
눈물을 흘렸도다
구름을 버린 자만이
달에게 도달할 수 있는법

오, 북 치는 자여, 쳐라! 쳐라!
우리의 차례가 되었도다, 쳐라! 쳐라!
오, 튀르키예인들이여! 나오라!
우리가 거소에 도착했도다

우리는 요셉처럼 잠시 동안
우물 아래 머물렀도다
그때 밧줄이 내려와서 우리는
비로소 우물에서 나올 수 있었도다

우리는 '무하마드' 앞에서
마음의 꿈과 계시가 될
아름다운 이에게 도달할 때까지
우상을 계속 쳐부수었도다

가까이 오라, 우리는 먼 길을 왔도다
그러니 우리에게는
안부를 물으라

5

머지 않은 곳에 바다가 있도다
바다가 눈에 띄지는 않아도
숨겨 있지도 않도다
그것에 대해 말하는 건
금하고 있도다 하지만
말하지 않는 것도 죄악이며
배은망덕이도다

6

그대의 비밀을 말하지 않으리
말이란 단지 이야기를 나누는 것일 뿐
그 대신 나는 한마디의 말도 없이
그대의 맺힌 매듭을 풀리

7

사랑은 그 팔 아래
한 움큼의 열쇠를 쥐고 있도다
오라,
와서는 문들을 열라!

8

사랑에 빠져들지 않고는
영혼에 대한 구원은 없도다
구원은 먼저 사랑하는 사람들 안에서
기고 헤매어야 하는도다
창세기에도 쓰여 있듯이
오로지 사랑하는 사람들만이
이 두 세상으로부터 탈출할 수 있도다

오로지 뜨거운 가슴으로부터만이
그대는 하늘에 도달할 수 있도다
영광의 장미는 오로지
가슴 안에서만 가꾸어질 수 있으므로

오로지 가슴으로부터만이
그대의 마음을 훔친 아름다운 이에게
이르는 길이 환히 밝혀질 수 있도다
오로지 가슴으로써만이
사람은 육신의 짐에서 벗어날 수 있도다

가슴은 그대를 위하여

한 그릇의 음식을 장만하리로다
그 음식이 다 될 때까지
그대는 참고 참아야 하리

타브리즈*의 태양(Shems of Tabriz)은
가슴 중에 가슴이도다
하지만 박쥐들은
그 태양을 볼 수 없으리니

---

* 타브리즈: 이란의 도시명.

9

새 소식이 전해지고 있도다
"행운이 사랑하는 이들에게
달보다 더 환한
아름다운 이를 데려왔다"고

그 아름다운 이는
사랑하는 이들의 가슴과 눈을 가득 채워
이제는 그 옛날의 아름다운 이름이나 이야기는
모두 잊어버리게 되었도다

많은 생명의 샘들이
그 아름다움으로 날아갔도다
그 황홀한 술잔에
많은 영혼들이 눈멀게 되었도다

그를 보았을 땐 달조차도
그만 계곡으로 숨어 버리고 말았도다
칼과 방패를 가졌다 해도
아무 소용이 없었도다

그들은 나에게 물었도다

"당신은 타브리즈의 태양에서 무엇을 보았느뇨?"

나는 대답했도다

"그는 내 가슴에 쏟아진 황홀한 눈빛이었다오"

10

그는 바로 이 고장에서
영혼과 마음을 다스리는 군주였도다
그는 바로 신의 운명과도 같이
다스리는 자였도다
믿음의 영광으로 수백 명이
그의 면전에서 절하고 참배하였도다
달로 가는 길을 아는 의혹의 구름장은
어디에 있는가?
환한 달빛 아래서는
어둠이 깨끗이 사라져 가듯이,
자아로부터 자신을 해방한
아름다운 광채에 의하여는
수백의 '너'와 '나'의 자아가
소멸되고 말리로다

그의 성전(聖殿)을 제외하고는
가난한 자들을 위한 평화의 성전은 없도다
태양을 닮은 그의 얼굴 외에는
소원과 바람도 없도다

그를 나타내는 말 몇 마디를 들을지니:
"나는 그가 어떻다고 표현할 힘마저 없다네"
그러나 내가 그의 이름을 말하지 않는다면,
내가 그를 묘사하지 않는다면,
영혼이 담긴 그 병은
이 포도주에 의하여 부서지고 말리니
자, 어서 손을 떨지 말고
이 사랑의 술잔을 받으라

마시게, 그대는 이미 해독제를 가졌으므로
독약도 그대 몸을 상하게 하지는 못하리니

11

만일 그대가 믿는 자라면
그는 그대를 찾고 있도다
만일 그대가 믿는 자가 아니라면
그는 그대를 부르고 있도다
이 길을 걸으라, 그리고 믿음 있는 자가 돼라
저 길을 가라, 그리고 믿음 없는 자가 되어라
두 길은 그에게는 다 같은 길이므로

12

그는 적을 가지고 있지 않도다
그의 취객들은 도처에 있도다
고독의 땅에 머물지 말라
사랑하는 이들을 위한 행진이 진행되는 날
앞장서서 걸으라, 그래서 선도자가 되어라

13

그대가 아직 영혼일 적에
그대는 맹세했나니
그것을 기억하는지
그대가 그 사실을 부정한다면
나는 인내심을 가지고
심판의 날까지 기다릴 수 있으니

14

한 방울의 체액(體液)이던 그대는
피가 되었고, 그리고 자라나서
그토록 아름다운 것이 되었나니
오, 인간이여, 내게 가까이 오라
내가 그대를 보다 더 낫게
만들 수 있으리니

15

흙 속에서 썩어지고
흙 속에서 다시 태어난다면
그것은 동물들의 일이지
영혼들의 일은 아닐지니

16

그대는 한동안 불이었고,
바람이었고,
물이었고,
그리고 흙이었나니
어느 때 그대는 동물이 되었고,
그러고는 완전히
동물의 세상으로 가 버렸나니
그러나 지금 그대는
한 영혼이 되었도다
노력할 일이라, 사랑받는 이로서의
모든 가치를 지니도록

17

깨어나라, 아침이므로
아침의 포도주를 마시고 취할 시간이라
팔을 벌리라
영접할 아름다운 이가 왔도다

황홀한 불멸의 생명을 와서 볼지라
이 생명은 죽음으로부터 제외되었도다

행운이 우리를 모른 체할 때는 지나갔도다
오, 사랑이여, 지금부터는
그대가 행운을 모른 체하라
수백의 달을 지닌 하늘이
돌기 시작했도다
오, 불쌍한 하늘이여,
오직 광채가 있는 날은
하루가 남아 있을 뿐이니

이 영혼의 술잔은,
죽음의 천사를 죽게 한 이 술잔은
복통도 두통도 어지럼도 가져오지 않도다

충만하고 침묵할지라

영혼이 우리의 형태를 마르게 하면

아름다운 이에게 수백 번의 사죄를 해야 할 테니

18

내가 주는 술은 빛을 가진 포도주요
그 빛은 무한의 하늘을 비추도다
그대는 한 방울만 마셔도
내 영혼의 풍요함을 이해하게 될지니

이 포도주는 그대의 내면을 감화시키도다
그대의 마음을 갈[鍊]게 하고
그대 눈과 가슴을 빛나게 하여
보잘것없는 육신 안에서 진주를 보게 되도다

19

말은 영혼으로부터 나오나
곧 영혼 앞에서는 곤혹을 당하도다
언어는 '진주'나 '바다'를 가지고도
그들을 설명할 수 없기에

지혜에 대하여 아는 것이나 이야기함은
영예로운 횃불이 되도다
그러나 진리의 태양 앞에서
그것들은 모두 곤혹을 당하며 사라지고 말도다

세상이란 거품과 같고
바다란 신의 속성과도 같은 것
세상의 거품이란 자연히
바다의 순수에 의해 곤혹을 당하게 되도다

물에 도달하기 위하여는
거품을 씻어 내야 하도다
하지만 그걸 귀찮아할 필요는 없도다
거품은 바다에 의해 씻기어 나가고 말지니

땅과 하늘에 보이는 것에 대하여
관심을 둘 필요는 없나니
땅 위의 모든 형상은 곤혹을 받게 되도다
시대에 따라 나타난 형상들도 수모를 당하도다

말의 진정한 의미를 이해하기 위하여는
글자의 껍질을 깨야 하느니
머리카락은 사랑스럽게 보이지만
아름다운 얼굴을 가리도다

그대가 무언가를 상상할 때마다
휘장을 걷어 내고 진리를 찾았다고 생각하지만
그대의 상상이 바로
진정한 휘장이라는 것을 알아야 하도다

비록 그것이 신의
아름다움을 가릴지라도
이 무상한 세상이 바로
신의 암시이며 증명이 되도다

존재란 타브리즈 태양의 은혜
즉 영혼을 위한 은혜일러니
하지만 그것은 본질을 덮고
그 본질 앞에서 수모를 당하도다

20

지금까지 그대는 땅의 그릇에서
몇 술의 음식을 먹었도다
염려할 것 없도다
나머지는 모두 같을지니

나의 소망은 바로 신이요
나의 사도도 신이요
나는 신에게 내 낡은 것을 주었도다
나는 신에게 내 새것을 주었도다

지금까지 나는 그의 운명과
우연의 발아래 눕혀져 있었도다
발밑에 포장된 길은 청결하나
더러움에 대해 아랑곳하지 않도다

선(善)도 없고 악(惡)도 없도다
신의 위대함 외에는
한 번의 호흡이 비록 그로부터 나를 가른다 해도
그런 건 나에게는 탓할 바가 아니로다

나는 그의 위로나 고문에서
빠져나오지 못하리니
신의 의도가 나를
풀기도 하고 가두기도 하리로다

나는 눈 깜짝할 사이에조차도
그로부터 눈을 뗄 수가 없도다
내가 가진 모든 것, 내가 가졌던 모든 것이
모두 그의 것임을

그는 거울 같은 눈을 가졌도다
내 영혼, 내 몸은
그 눈과 함께만
아름다울 수 있도다

21

오, 모든 형상을 창조해 내는
형태 없는 아름다움이여
오, 사랑하는 이들에게
해독의 잔(盞)을 권하며 나르는 이여
당신은 비밀이 지켜지도록
내 입을 막았도다
하지만 그 비밀들은
당신이 열어 놓은 내 가슴의 문을 통하여
새어 나오고 있도다

당신의 아름다움이 몰래 휘장을 내렸을 때도
가슴은 잔을 나르는 이에게 떨어졌고
그래서 포도주와 어울렸도다
영혼의 베일이 없이는
당신의 얼굴을 볼 수가 없으니
그럴 힘은 갖지 않았기 때문이로다
내가 무어라고 말하든지
당신의 아름다움은 그 말을 초월하도다

22

탁자는 이미 놓여 있도다
문도 이미 열려 있도다, 서둘지니라
술 취한 자로서 얼른 집으로 들어올지니라
왜 그대는 초청장이 오기만을 기다리는가?
포도주가 있는 것처럼
촛불과 환락이 온 세상에 넘치는도다
색다른 사랑의 감각이 넘치는도다
신의 주연(酒宴)에는

새장에 많은 곡식과 물이 있다 해도
하늘을 자유롭게 나는
새들의 기쁨과 환락은 어디에 있는가?
그것 또한 가 버렸도다
오, 절대로 지나치거나 가 버릴 이가 아닌 당신,
신뢰의 항아리를 집어 들었도다
당신은 비로소 신뢰의 황제(Sultan)로다

황제의 값지고 용기에 찬 그 잔을 돌려라
그래서 영혼이 아름답게 되고
그래서 영혼과 영혼이 서로 놀며

영원에 이르리로다

이것은 위장(胃腸)을 해하는 열매로 만든
포도주가 아니로다
이것은 신의 손으로부터 왔도다
그의 항아리로부터의 선물이로다

오, 내 눈이여, 당신으로 인해
양쪽 세상의 눈이 다 밝아졌음이여
나에게 큰 잔을 내리소서
나를 죽음으로부터 구해 주소서

23

세상에 취(醉)함은
잠을 잘 이룬 후에 깨어날 것이로되
신의 포도주에 취함은
무덤까지라도 계속될 것이로다

24

사랑에 대하여는 이 고장에서 나처럼
천치 바보 같은 이를 본 적이 없도다
그는 저 높은 곳으로부터
나를 붙잡고 끌어 올렸도다
하지만 어떤 붙잡힘과 끌어 올림,
목 졸림이라도
저 높은 곳으로부터라면 좋은 일이로다

문지기로부터의 제지는
그냥 방어로서이지
"가라!" 하고 그는 말하지만,
그건 단지 황제가 집에 있다는 뜻이니
절대로 돌아갈 일이 아니로다

우리의 애인 앞에 아무도 서게 하지 말라
그와 같은 자는 없을지니
그렇게 바보스럽게 말하지도 말라
그는 순수하고 깨끗한 거울이니
그대가 만일 그의 악과 결점을 발견한다면
그것은 그대가 악과 결점을 지닌 것이로다

* * *

그대는 질그릇에 담겼도다
그대가 거품을 품고 흥분하면 할수록
화는 더 끝까지 치밀 것이로다
그렇게 많은 소원을 가지고도
그대는 계속 선물을 구하려고 하도다
자신의 정기를 회복하라
그대가 진정한 선물일지니

그대는 밤낮으로 화합의 꿈을 꾸지만,
그대가 바로 화합의 등불이로다
그대는 그걸 모르는도다
그대는 그걸 이해하지 못하는도다

그대는 놀라운 걸 찾고 있지만,
그대가 바로 놀라움의 대상이로다
그대는 바로 왕인 동시에
또한 거지, 빈민(貧民)이로다

25

오, 젊은이여, 비밀은 너에게 있도다
오고 가는 타인에게 묻지 말지니
이미 알려진 그런 일들에는
아무런 소용도 없도다

26

이 집엔 늘 음악이 흐르고 있도다
이 집은 어떤 집인가, 주인에게 물어보라

이 집이 카바(Kaaba)*라면, 저 우상들은 무엇인가?
이 집이 배화교도(拜火敎徒)들의 집이라면,
이 신의 영광은 무엇인가?

이 집엔 세상 천지에서 얻을 수 없는
그러한 보물이 있도다
사실 이 집과 그 주인은
모두 구실이로다

이 집을 억압의 집처럼 보지 말라
그 주인도 나무라지 말라
그는 어젯밤 이래 취해 있으므로

이 집은 용연향(龍涎香)과 사향(麝香)으로 지었도다

---

* 카바: 메카에 있는 이슬람의 가장 신성한 사원.

문들과 지붕이 모두 '루바이스*의 시로다

누구든 이 집으로 이르는 길을 찾는 이는
땅의 왕이 되리니,
그 시대의 솔로몬이 되리로다

오, 군주시여, 한 번이라도
그 지붕으로부터 굽어보시이다
당신의 얼굴엔 행운과 영광의 징조가 있나이다
맹세하노니, 당신의 얼굴을 보는 것 외엔
모든 것이 다 주문이요,
이야기일 뿐이로다

** 루바이스: 사행시를 일컬음.

27

영혼은 그대의 형상을 포용하는
거울과 같도다
가슴은 그대 머리에 거꾸로 묻힌
머리 빗과도 같도다

요셉의 아름다움을 보면서
여자들은 칼로 자신의 손을 베었도다[*]

내 영혼이여, 나에게로 오라
나는 내 영혼을 바로 한가운데에 놓으리니

그 집에 있는 모두는 취(醉)했도다
이것저것이 다 아무도 모르는
문으로부터 오도다

문지방에 앉지 말라
그렇게 함은 불운이 되리로다

---

[*] 요셉의 아름다움에 반한 여자들이 그가 지날 때 칼로 오렌지를 까다가 손을 베었다는
    설화에서 유래함.

이 가슴이 문지방에 앉은 자로 인하여
어두워졌도다

그들은 비록 수천이 될지라도
신으로 하여금 취(醉)한 모두는 하나가 되리니
하지만 진정 기쁨으로 취한 자는
단지 한둘에 불과하리로다

믿는 자들은 숲속으로 가라
그로 인하여 다치는 일 따위는
염려하지도 말라

28

사람은 사랑 속에서 살아야 하느니:
죽음이란 좋지 않은 것
살아 있는 사람, 그대는 아느냐?
그대는 사랑에서 태어난 이를 아느냐?

사자들이 으르렁거리는 노여움
그리고 모든 사람들의 인간성은
사랑에 비한다면
아무 가치가 없도다

　　　* * *

사랑으로 나를 찾고
내 속에서 사랑을 찾으리니
어떤 때는 내가 사랑을 기리고
어떤 때는 사랑이 나를 기리도다

바닷속에 있는 조개같이
사랑이 그 입을 열 때,
그것은 한 모금의 물방울처럼

우리들의 바다를 삼키도다

29

세상은 땅에서 인간들을 소모하도다
창조주는 우리로 하여금 우주 전체를
삼키도록 보내셨도다
세상은 인간들에게 "내일, 내일"을 약속하는
초능력의 마법사이니
아들이여, 우리는 그보다는 현명하도다
우리는 지금 어떻게 살아야 하며
즐겨야 하는가를 아는도다

우리가 만일 요정(妖精)으로부터 태어났다면
요정들은 밤에나 모이므로 우리들도 밤이 되어 모일 일
우리가 만일 아담의 아들이라면
우리들도 그 포도주를 마실 일

우리는 물고기이며 우리의 잔을 나르는 이는
사랑의 바다이니라
우리가 조금 마시든 많이 마시든
바다는 변함없이 영원하도다

30

사랑받는 이의 가치는
사랑하는 이의 수준에 따르나니
오, 버림을 받은 자여, 그대의 가치는 무언가?
그대 값어치는 무엇인가?
나방이의 아름다움은
등불의 빛에 의하여 측정되나니
그대는 가장 밝은 등불의
나방이가 아닌가?

오, 타브리즈 신의 태양이여,
당신은 보는 것 또는 앎 그 자체이니
당신은 지혜로운 자이니
그러기에 우리로선 당신을 본다거나
안다는 것, 이 모두가 불가하리니

31

오, 진리의 바다여
이 땅은 당신의 파도요, 거품이라
당신은 숨었도다
어떤 때는 일로 바쁘고,
또 어떤 때는 태평하도다
당신은 열려 있지도 숨어 있지도 않도다

오, 태양의 원천이여
당신의 바다로부터의 충일함은
빛으로 어둠의 휘장을 꿰뚫었도다

당신이 집어 든 쓰레기도 금이 되나니
당신이 선택한 돌은 '루비'가 되고
'에메랄드'가 되도다

그러면 당신은 누구의 사제인가?
당신은 주인으로서 이 세상에 왔도다
연장도 없이 어디서
당신은 이런 기술을 배웠는가?

침묵할지니
당신은 이 세상으로부터, 이 사고(思考)로부터
얼마나 많이 떠나 버렸으며
문밖으로 날아가 버렸는가?

32

제발 다른 이와 사랑에 빠지지 말라
영혼의 몰두 외에는
아무것도 생각하지도 말라

다른 이를 사랑하거나
다른 일에 종사한다는 건
믿을 수 없는 저주와도 같도다
종교 모임에서 불신자들의
교리에 합세하지 말라

영혼의 땅에서 생각은 말과 같고
숨겨질 수도 없도다
그 생각들을 숨기려 하지 말자

말똥 벌레는 들을 수는 없다 해도
냄새는 맡을 수 있기 마련인 법
나쁜 흔적을 남기는 어떠한 상상력도
가슴에 간직하지 말라

마음을 지키는 자는 영예롭고

질투가 대단히 많은 법
그러니 낯모르는 이들을 쳐다보지도 말라

근심거리를 가지고
화제로 삼지도 말라
잃어버린 사람들로 그대의 안내자나
지도자로 삼지도 말라

33

오, 금을 사랑해 온 자가
고래고래 소리 지르고 있도다
마치 죽음이 예고도 없이
돌연 그의 문을 두드리기라도 하는 것처럼

그날을 생각해 보라
그대가 마지막 숨을 거두는 순간이나
아내의 마음이
다른 사내에게 팔려 있을 때를

죽음의 화살이 그대의 성을 꿰뚫기 전에
그대의 목표와 율법을 정하라
그대 자신을 굴복시키라

인간애의 목적은
돌봄과 이해심에 있도다
오, 신의 자비가 그 돌봄과 이해심 위에
퍼부어지고 있도다

34

오, 나의 신이여!
우리가 지옥의 바닥에 허우적이면서도
아직도 불멸*에 대하여 두려워하고 있다니
이 얼마나 아이러니한 일인가

---

* 불멸: 여기서는 영원한 죽음 자체를 의미함.

35

자녀가 스스로 학교에 가지 않는다면
그는 강제로 학교에 보내져야 하느니
오, 나의 친구여,
그대는 예외라고 생각하는가?

잔을 집어 들라
속박으로부터 스스로 벗어나라
그대가 자신을 알고 있는 한
모두는 그대 자신의 태도에 달려 있도다

끝내는 주정꾼의 고함 소리를 듣게 되도다
오, 간사하고 사악한 천치 바보들이여
그대는 어떤 비애에 빠져 있는지를
똑바로 보라

나로 하여금 그대의 손을
이삼 일간 잡도록 하라
그대는 변화될 것이니
왕국의 영광으로부터 그 얼굴을 돌리지 말라

그대가 술 취한 곳에서
쓰러지거나 잠들지 말라
잔을 나르는 이들이 있는 곳으로
달려가라

36

그대는 한 마리의 선택된 아름다운 새니라
그릇에서 달콤한 음식을 집어 들라

그대는 신의 사자이니
신은 그대를 사람의 '사자'라 부르도다
그대는 왜 원숭이들과 장난을 하려는가?

이런 형상의 생물은 보지를 말라
그것들은 그대의 무리가 아니니라
물론 때로는 왕들조차도
털 셔츠를 입기는 한다만

그대의 상식으로 돌아가라
그대의 가슴을 사랑하는 이의 손으로
완전히 넘기라
그렇게 하면 증오와 탐욕에 의해
부패하지 않을지니

명예에 목말라 한다면 그대는
모든 관계에 의해 병들리로다

그대도 알듯이, 그쪽에 머무는 한
그대가 휴식할 곳이란 없도다

마음이란 설탕과 같은 것– 몸은 사탕나무
의미란 포도주와 같은 것– 말은 술병이니

침묵할지니, 바다의 이야기를
땅을 버르적거리는 새들에게 말하지 말지니
왜 그대는 처녀를 내시(內侍)에게 주려 하는가?

37

오, 그대의 새장에서 날아간 새는
그대의 얼굴을 알리고
그대가 어디에 있는가를 말하리니

그대의 배는 바닷가에 조난하여
산산이 부서졌도다, 그렇다면
물에서는 물고기와 같이 보이라

조개껍데기를 깨고 사랑에 도달하든지
덫을 잃고 사냥에서 길을 잃으라

오늘, 그대는 모닥불을 위한 장작이든지
아니면 신의 영광을 위해 꺼진 모닥불이 돼라

바람이 차서 그대를 얼어붙게 하지 못한다면
그대가 도달하는 정원의 아침 미풍으로 불라

그대가 대답하지 않고 침묵한다 해도
그대의 가슴엔 모든 말들에 대한 답이 있도다
그것은 눈에 좋은 안약과도 같도다

38

그대가 어떻게 감각이 일고
소멸하는지를 의아해한다면
취침 시간 그 전을 주목하라
그 단계에선 모든 매듭이 풀리고
진리가 보일지로다
몸의 기관(器官)들은 노동자와 같도다
모두는 서로 제각기 다른 일들을 하도다
가슴은 그들의 사령관이며
기관들은 그를 따르도다

39

그대는 이야기를 함으로써
문이 있는 곳으로 나를 데리고 갔도다
그대는 나를 거기에 서 있도록 내버려 두고
지붕으로 올라가 버렸도다

그대는 가난한 이웃의 백 개의 그릇을 깨었도다
그리고 이런 식으로 수백의 지갑을 찢었도다
그대의 거짓으로 인하여 잠들지 않은 자가
아직도 남아 있는가?

그대는 잠자고 있는 사람들의 머리맡에서
담요를 끌어내었도다
기억하라, 아무도 그 세상으로부터
돌아오지 않는다는 사실을
오늘, 그대가 그것을 나에게 말했도다
다시 그대는 마음을 바꾸었고,
내내 이와 같이 되었도다

그대는 어떤 종류의 새인가?
그대의 색상은 무엇인가?

오늘 알게 될 것이라
그대는 새장으로부터 나왔도다
그대에게 열려 있는 죽음의 상처 때문에

누가 그대를 떠나게 했는가?
누가 그대를 선택했는가?
오늘은 알게 될 것이라
오늘은 알게 될 것이라

그대는 기적의 젖가슴을 빨았거나,
흑색의 악마가 그대를 보살폈도다
오, 독수리여, 그의 머리로부터 터번을 벗기라
조심스레 주위를 살피고, 그리고 잘 들으라

그대가 원하는 곳으로
그대의 발이 데리고 갈 것이니
그대의 눈이 그대를
볼 수 있는 곳으로 인도할 것이니

장미원에서 본 그 꽃의 냄새를

그대가 맡게 될 것이니
그대의 사랑하는 이를 찌른 가시가
그대를 아프게 할 것이니
계곡에서 그대가 집어 든 독약이
오늘 그대의 입을 쓰게 할 것이니
그대가 알 수 있듯이
그대가 벼린 쇠붙이가 오늘 무디게 될지니
그대는 문을 잠그든지 아니면
열쇠를 좌물쇠에 남겨 놓으라

지금 이 순간, 만일 그대가
순수하고 깨끗한 존재라면
그대는 천사의 목에 걸릴 목걸이가 될지니
하지만 그대가 추하고 더럽다면
그대는 하늘로부터 추방되고 말지니

그대가 생명의 물이든 검정 물이든
그건 문제가 되지 않도다
그대가 일단 눈을 감으면
그대는 한 원천으로 모여 흘러가도다

그대가 아집으로부터 놓여난다면
그대는 영혼 중에서 영혼의 날개로 날도다
바로 그것이 그대에게 합당하도다

그대가 즐거움과 행복을 창조한 이와 함께
그 즐거움 그 행복에 도달할 수 있다면,
그대는 타인의 흙빛 진흙더미로부터 헤어나리로다

그대는 그의 환심을 사도록
그대의 영혼과 가슴을 주었으니
오늘 빛의 화염이 다시 그대를 사들이도다

40

그대는 가슴의 기적에 도달했으므로
여기에 머물지니라
그대는 이 달을 보았으므로
여기에 머물지니라

그대는 그대의 낡은 것들을
이리저리 끌고 다니며
무지로부터 고통을 당했느니라
이제 여기에 머물지니라

그대의 가슴에 맹세하라
이 젖가슴에는 우유가 있도다
그대는 그 우유를 맛보았도다
이제 여기에 머물지니라

41

"내가 신이다"라고
말한 이는 당신이 아니도다
그것은 그의 포도주의 향기일 뿐이니
하지만, 오, 맨수루* 주인이시여!
왜 당신은 교수대 위에 놓여졌나이까?

---

* 맨수루: 바그다드에서 광신도들에게 처형된 유명한 수피.

42

오, 단지 사랑의 말들만을 들어 본 이는
진정 사랑을 보아야 하는도다
항상 보는 건 듣는 것과 다를지니

43

오늘 나는 나의 형상을
나귀의 짐 보따리와 구별할 수 없도다
오늘 나는 어떤 것이 장미이고
어떤 것이 가시인지조차 모르는
그런 모습이도다

내 사랑이 나를 이런 형상으로
만들었도다, 나는 모르도다
누가 사랑하는 이고
누가 사랑받는 이인가를

어제는 술이 나를
내 사랑의 문가로 인도하였도다
하지만 나는 오늘 그 집과 문을
찾을 길이 없도다

작년에 나는 두 개의 날개를 지녔도다
하나는 두려움, 또 하나는 희망
오늘 나는 그 날개를 모르도다
어떻게 날 줄도 모르도다

잃어버린 그 두려움조차도 모르도다

44

전에는 내가 이렇지를 않았었도다
나는 이렇도록 마음과 정신을 **빼앗기지** 않았었도다
한때는 나도 당신처럼 현명했도다
지금의 나처럼 취하지도 흔들리지도
또한 광(狂)적이지도 않았었도다

나는 아무 근거나 존재가 없는
생명의 찬미자는 아니었도다
"이는 누구요? 저것은 무엇이요?"
나는 이렇게 항상 묻고 탐구하고 했었도다

그대는 지혜가 있으니
앉아서 생각해 보라
나는 그렇게 많이 변하지는 않았으며
전에는 지금과 같았다는 것을

나는 항상 남보다 나으려고
노력하곤 했었도다
나는 이렇게 주체 못 하는 사랑에
사로잡혀 있지는 않았었도다

나는 야심에 차서
하늘을 날려고 했었지만
겨우 사막을 방황하고 있었다는 걸
나 자신도 몰랐었도다
그러고는 결국 나는 땅으로부터
보물을 찾아 올렸도다

45

그의 저 아름다운 사랑이
내가 코란을 읽는 것
그리고 아는 체하는 것으로부터
나를 이끌어 내었도다
나는 사랑에 빠졌고, 어리석었으며,
발광하게 되었도다

나는 독실함으로 치장되었고
사원에 엎드려 예배하곤 하였도다
축복 위에 축복을 쌓았고
기도문을 외우고 또 외우곤 하였도다

그런데 사랑이 사원엘 들어왔도다
"오, 성직자여," 하고 그가 말했도다
"당신은 존재의 굴레를 끊으라,
왜 예배 장소에 묶여 있는가?"

"만약 당신이 지식보다 자기 소멸을 원한다면,
만일 당신이 이 길로 가기를 원한다면,
내 칼로 인한 부상을 겁내지 말라

가슴을 진정시키고 목을 땅에 놓으라"

"만일 당신이 속박에서 풀려나
자유를 원한다면 이 일들을 하라
당신이 정말 아름답고 매력적이라면
왜 휘장 뒤에 숨는가?
아름다운 이들은 그들의 얼굴을
세상에 내보이는 것 외에 다른 방도가 없도다
그들의 매력을 우러러보이도록 함 외에는
다른 방도가 없도다"

46

오, 무지한 자여, 자신의 아름다움을 보라
진리의 때에 그의 영혼의 빛을 아는가
신도들은 서로의 거울이 되거늘

대지는 정원의 얼굴에 있는
모든 비밀을 알아내고는 이렇게 놀라도다
"내 가슴 안에 얼마나 아름다운 것들을 감추고 있는가"

돌들도 일어나서 '루비'와 '에메랄드'의
비밀을 알아내고는 그의 가슴 안에
있는 것들에 대해 스스로 놀라도다

검은 쇠도 거울 안에서 그의 가슴을 발견하고는
그것도 연마의 과정을 거치면
빛을 발할 수 있다는 것을 알도다

아무것도 아닌 존재들도 그들을 대신할 자들이
무로부터 왔음을 알도다
그들도 생존의 보람 있는 일들을 하고 싶어 하도다

파리도 열심히 일해서
낙원에 도달할 것을 안다면
음식 찌꺼기에 앉거나 하지는 않으리니

만일 수피가 그 시대의 아들이 될 것이라면
그는 내일의 게으른 자가 되지는 않으리니
바보나 게으른 자가 오늘의 일을 내일까지 남기도다

그대가 사내이고 변덕쟁이가 아니라면
아름다운 이들 안에 있으리로다
사랑하는 이들과 교제함을 배우리로다

오, 물고기여, 왜 바다에 등을 돌리고
거기에 앉았는가? 그대는
바다에 포위되어 있다는 걸 알라

"돌아오라" 이 말을 들으라. 삶의 분수에 도달하라
물속에 그대를 담그고 멋있게 걸어라
왜 진흙 속에 처박혀 있으려 하느냐

47

수백의 새로운 귀가
듣기 위하여 내 머리에 열렸도다
주고자 하는 사람이 없다면
아무도 태어날 수 없나니
아무도 존재할 수가 없도다
나는 들과 정원이 되었도다
봄날의 훈풍이 그대를 기리려고 불도다
내 몸의 모든 조각들이
그 기림으로 잉태하였도다

오, 나의 아름다운 이여!
그대 얼굴의 그 사랑스러움을 가지고
미신과 전설, 그 가슴의 거울을
깨끗하게 닦는 게 중요하도다
술에 취한 사람들이
서로를 지분거리고도
또 충성의 잔을 들려 하다니
놀라운 일이로다

48

나는 약속을 깨지 않는 이에게
맹세하고 맹세하도다:
나의 존재와 부재가 다
사랑에 의하여 채워졌듯이
나의 행운과 풍요도 그걸로 채워졌도다

해골처럼 말라빠진 이가
어디에 있든 간에
회춘의 바다로 그를 데려오라
원기의 바다로 그를 침몰시켜라

재난에 빠진다는 것,
자신의 이기심을 알게 된다는 것은
인색하고 야비한 자들에 대한 처벌이로다
차를 마신다는 것, 취한다는 건
상서롭고 행복한 사람들을 위함이로다

49

미묘한 세상에 빠져들지 말라
오늘은 이야기하지 말라
활자화하는 것은 가슴을 감동시키지 않나니
우리는 이야기를 모르도다

우리의 가슴이 이미 그 머릿속에
너무 깊이 빠져들어
우리는 이미 빗과 머리를 구별할 수 없도다

포도주를 권하라
"그게 몇 잔째요?" 하고 자꾸 묻지 말라
우리는 그대를 기억하지만
술과 술잔을 구별할 수는 없도다

50

우리는 사랑으로 3일, 40일을 포기했도다
우리가 기억의 성채에 도달했을 땐
우리는 기억력들로부터 구원을 받았도다

침묵할지니, 사랑이
신(神)으로부터 그 사랑과 지식을 가져오도다
우리는 강의와 책과 복습으로부터
해방되었도다

침묵할지니, 이 풍부한 자원과
거룩한 보물 때문에
우리는 소득과 지갑과 이익으로부터
해방되었도다

그대의 의식(意識)으로 돌아오라
그대의 말을 끝내라: 태양이 떠오르면
우리는 파수대와 도둑과 어두운 밤으로부터
해방되도다

51

경건함이 그대의 기쁨을 받아들이도다
지혜가 그대의 포도주를 마시도다
지식 있는 자가 그대를 기리도다
그대의 실재는 내 것, 내 것이로다

52

오, 사랑이여, 그대의 크기로써
하늘에조차 맞을 수 없도다
그런데 어떻게 내 가슴에 몰래 들어와
이렇게 꼭 맞을 수 있는지

그대는 가슴 집으로 뛰어 들어와
그 뒤로 문을 잠가 버렸도다
나는 이 낡은 석유등의 비치는 유리가 되도다
나는 그 불빛 안의 불빛이로다

나의 몸은 잉태된 흑인 여인과도 같도다
나의 가슴은 그녀 안의 백발의 소년이로다
나의 반은 장뇌(樟腦)로부터요,
또 다른 반은 사향(麝香)으로부터 생겼도다
그대가 내 가슴을 가져간 자이건만
나는 그걸 다른 이에게서 찾으려 하였도다
나는 장님이 아니면서
보이지 않는 일들에 도달했도다

솔로몬 왕은 한 마리의 작은 개미의

불평을 들었도다
"당신은 역시 솔로몬이지요
생각건대 나는 작은 개미올시다"

53

"당신은 수백의 벌통을 가졌으면서도
왜 울고 있소?" 하고 그대가 물었도다
나는 벌집을 만들면서 울도다
나는 벌과 같은 옷을 입도다
나는 누구에게도 나의 고통을
조금도 전가하지 않도다

나는 하프와 같이 울도다
왜냐하면 나는 하늘의 '나이팅게일'이므로
나는 뱀처럼 굽었도다, 나는 보물을 지키도다

그대는 내가 늘 '나'만을 강조한다고
경멸로써 나를 원망하도다
친구여, 나는 나의 이기심으로부터
멀리해 왔었도다
그대가 나에게서 보는 이기심이란
바로 그대 자신의 반영이도다

나는 날것이었도다, 그리고 동시에
요리되고 타 버렸도다: 웃으며 울며

그것이 세상을 놀라게 하였도다
나는 나 자신에게도 놀랐도다
나는 결합의 단계에서 분리되고 말았도다

54

또 한 번 기도에 부응하는 자가 소리쳤도다
"깨어라!"
문을 여는 자가 왔도다

예언자가 또 한 번 '메카' 성지를 지나갔도다
'무하마드'가 제단으로 왔고,
그의 목소리가 그대의 귀에 들렸도다

'무하마드'가 멸망의 세상, 그 문에 왔도다
방이 그 문으로 열렸도다
그 문을 연 자가 돌연 왔도다

천사의 두려움으로 하늘이 넓게 열렸도다
이성(理性)을 창조한 자의 두려움으로
그 이성이 도달했도다

55

이번에 진정 나는
사랑을 하게 되었도다
그리고 열광적 신앙에서
완전히 손을 떼게 되었도다

56

나는 마음이나 이성을 더 바라지 않도다
그의 지식은 나에게 충분하므로
한밤중에 그의 얼굴에 나타난 영광이
나에겐 대낮과도 같았도다

57

나는 불평하는 이 사람들의
울음소리에는 지쳐 있도다
나는 술 취한 자들의 고함이나
으르렁거림을 차라리 듣고 싶도다

나는 '나이팅게일'보다도 더 잘 노래 부르도다
하지만 모든 사람들의 시기 때문에
내 입을 봉하고 말았도다
그러나 나는 소리치고 싶도다

주인이 등불을 들고
마을을 돌면서 말했도다
"나는 낙타와 괴물들엔 지쳐 있다네,
나는 사람을 보고 싶다네!"

마을 사람들이 대답했도다
"우리도 찾았지요, 그러나 볼 수가 없어요"
그가 말했도다: "너희들이 찾을 수 없는 자를
바로 내가 찾고 있도다"

58

오늘 내가 취(醉)했도다
어젯밤에는 내가 꿈을 꾸었나니,
오늘은 미친 것처럼
이성의 화원을 뛰쳐나갔도다

나는 혹시 내가 깨어서
꿈을 꾸었는지도 모르도다
이 슬픔 때문에
나는 잠을 이룰 수가 없도다

만일 그렇다면,
내가 계속 예배드리는 꿈을 꾼 것은
진정한 사랑일까?

오라, 오 사랑이여,
그대가 내 육체의 영혼이니
그대의 영광으로
나는 육신의 속박에서 헤어날 수 있었도다

그대가 그 휘장을 찢으라고

나에게 말했도다, 나는 찢었도다
그대가 그 잔을 깨라고
나에게 말했도다, 나는 깨었도다
"모든 친구를 떠나라" 그대가 말했도다
나는 내 심중으로부터 모두를 내던지고
그대 손안에 내 가슴을 놓았도다

그대는 내 가슴에 상처를 입혔도다
나는 내 눈썹으로 그대 그늘을
거두어들이고 있도다
그것이 나의 죄였도다

내 생명을 가져간다면
나는 손뼉을 치고 이렇게 말할 수 있도다
"나는 이미 내 삶에 지쳤도다"
그대 머리카락 속엔 다른 세상이 있나니
그들을 헤치라
나는 이 세상이라면 지겨웁도다

비록 내가 이 땅속 칠 층 깊이에 있더라도,

그대와 함께라면 나는 아직도
높은 곳에 머물고 있거늘
그대가 없다면, 하늘 위에 칠 층 높이라도
나에겐 지옥이나 다름없도다

59

그대가 앞이 없고 옆이 없다는 것은
가장 어려운 부분이나니
하지만, 나는 여기저기에서 그대를 찾도다
그대는 어느 거리에도 합당치 않나니
그래도 나는 이 거리 저 거리에서
그대를 찾으려고 하도다

60

나는 방책을 취했나니
그들은 별 도움이 되질 않았도다
가슴은 그 사슬을 부수고
내 영혼을 그대 황제의 천막 앞으로
끌고 갔도다

61

내 가슴속에 그대 모습 차지한 이래
내가 어디에 머물건 간에
그곳이 바로 천국이었도다

모든 혼령 같은 유령들이 다 바뀌었도다
그들의 모두가 아름다운 중국 여인이 되었도다
모두가 그렇게 고난을 당하던
이기적이고 그 고약한 이웃이
훌륭한 친구가 되고 밝은 이웃이 되었도다

고원(高原)이 정원이 되고 초원이 되었으며
계곡은 보고(寶庫)가 되었도다
오, 아름다움이여, 당신은 누굽니까?
우주 전체가 당신 때문에 이처럼 되었음이여

       * * *

나는 가슴의 어둠이었도다
나는 지금 가슴의 창이 되었나니
신앙이 나의 걸림돌이 되곤 했었도다

지금 나는 신앙의 길에서
쫓기는 사나이가 되었도다

요셉의 감옥은 재앙의 우물이었도다
지금 그곳엔 그가 타고 오를
굵은 동아줄이 있도다

62

그대가 숨었을 때, 나는 죄인이었나이다
그대가 일단 나타나면, 나는 믿음이 생겼나이다
그대가 준 것 외에 내가 무엇을 가졌나이까?
그대는 왜 내 손과 주머니 안을 의심하나이까?

63

그대가 그 형상으로 나타난 이래
우리는 그 모습을 알게 되었도다
만일 그대가 다른 형상으로 나타났다면
우리는 다른 모습이 되었을 것이나니

64

오, 앎이여, 가 버려라
오, 귀여, 좋은 소식만을 들으라
오, 마음이여, 술 취하라
오, 눈이여, 왕의 나라를 보아라

65

나는 내 입을 봉했도다
나는 지금 내 눈과 말하고 있도다
오래가지 못할 취함은
머리에 부담이 될 뿐, 아무런 가치가 없도다

66

이천 명이나 되는 나 가운데
어느 것이 진정 나인지를 모르나이다
내가 그대에게 말한 것은 잊어버리시오
이 싸움들을 바라보시오. 이 소음들을 들으시오

나는 지금 내 정신이 아니나이다
내 앞에 술잔을 놓지 말아 주시오
내가 앞으로 나아갈 때, 내 앞에 있는 모든 것을
부수게 될까 두렵나이다

매 호흡마다 내 가슴은 그대 상상으로
색깔을 취하나이다
그대가 즐거울 땐 나도 쾌활해지나니
고함치고 뛰어노나이다

그대가 우울할 땐 나도 우울해지나니
그대가 내 입맛을 나쁘게 할 때면
나는 슬픔에 잠기나이다

그대가 나에게 잘해 주면

나는 혼신으로 친절하게 되리니
나는 의기양양해지나이다
오, 내 사랑이여, 그대와 함께라면
내 입술이 설탕같이 달콤해지나이다

그대가 바로 실존하는 자이니
나는 그대 속에 거울이나이다
그대가 보여 주는 것은 무엇이든
나에게 나타나이다
나는 그대의 시험과 마음을 통과했나니
그대의 거울이 되었나이다

67

사람들의 얼굴이
그대 얼굴의 거울이 아니었다면
나는 그들로부터
산으로 도망쳐 가리니

68

이 세상을 '시나이'의 산으로 인정하라
우리는 매 순간 계시를 바라나니
신은 매 순간 나타나시고
신은 부서지도다

69

나는 그대의 상상 위에
모든 것을 써 놓은 자이니
어떻게 내가 그대 가슴의 비밀을 모르리요?
나는 그대 영혼 안에 자리하고 있으니

70

그의 영혼은 취한 자로서
그의 짐을 소에 싣고 사랑에게로 오나니
그는 말하나이다
"이 짐을 주막의 문전에다 저당 잡히라"

그의 가슴을 타브리즈 신의 태양에게 바친 자는
자아를 의심하는 자가 되고
주막에서의
믿는 자가 되리로다

71

오, 애인들의 놀이꾼이여, 계속 놀지니
믿는 자와 안 믿는 자들을 모두 불태우라
사랑이란 침묵하는 것이 아니니
휘장을 걷어 올리라
요람에 든 아기도 울기 전에는
젖을 얻지 못하리라

　　　* * *

내 상처가 사람들의 표본이 되어야 하도다
놀이꾼이여, 그들에게
이 일에 걸려들지 않도록 말하라

놀이꾼이여, 내 가슴으로부터
평화와 인내심을 앗아간
그 애인의 이름을 말하라

내 무엇을 말하리, 내 무엇을 하리
내 가슴에 무슨 일이 일어났나?

비록 내 가슴이 산이었다 해도
그것은 나로부터 아주 떠나가 버렸도다
나는 그것을 도난당했도다

내 이름을 언급하지 말라
그에 대하여만 이야기하라
그대는 마을에서 가장 훌륭한
놀이꾼이 될지니

72

오, 이기심을 버리지 않고
이것저것에 관여한 자여!
그대 자신이 그 길에 빠지지 않고
무엇을 성취하길 바라는가?

그대 자신이 뿜은 생각의 타액으로
거미처럼 줄 짜는 것을 거두어라
그건 너무 얇고 찢어지기 쉬우므로

무슨 사상이건
그대에게 주어진 걸 되돌려 주어라
왕을 주목하라, 생각 없이
그대에게 주어진 은혜를 찾아 나서라

그대가 말하지 않는다면
그대의 웅변은 그대의 것이요
그대가 짜[織]지 않는다면
그가 그대를 짤 것이니

73

오, 나의 신이여! 내가 당신을 갈구하나이까?
아니면, 당신이 나를 찾고 있나이까?
내가 지금의 나로서 머문다는 것은
얼마나 수치스러운 일입니까?
내가 자신으로부터 나를 해방시킬 수 없는 한
나는 누구에 불과하고, 그대는 타인에 불과하리니

74

이기심은 친구가 아니로다
그것은 충성심이 없으므로 그대를
친구로부터 갈라놓도다
그 두 개의 가슴에게
신임을 두지 말아야 할지니

그것은 포도주를 흘리고
포도원을 팔아 넘기로다
그 쓴 얼굴을 가진 자를
청지기나 잔 나르는 자로
생각하지 말 일이니

       * * *

우리는 이 멋있는 취한(醉漢)들 모임에 있고
우리의 잔 나르는 이가 우리를 버리지 않았도다
우리를 맨 정신에 있게 하지 마소서

       * * *

충고하지 마소서
한 번 더 영혼이 대화를 주관하나니
그대 자신을 말의 휘장 뒤에 숨겨 두지 마소서

75

말[言]을 떠나라
실재(實在)의 거울을 보라
모든 두려움과 의심이 말로부터 오느니

76

오, 말이여, 침묵할지니
생각처럼 몰래 걸을지니 그리하여
생각하고, 이유를 달고, 변명하는 자는
돌아오지 않고 나와 싸움을 시작하리니

77

"내가 온다면, 그대는 갈 것이니"
그는 말했도다
"그대는 자아(自我) 소멸될 것이로다
내가 그대를 무아경이 되게 할 것이요 나는
같은 곳에서 누구와도 어울릴 수 없도다
그건 불가하리니"

78

각별한 지성은 단편적인 마음에
남을 수 없나니, 왜냐면
우주적 지성이 단편적인 것들을 위한
유모가 될 수 없음이로다

그대가 사나이라면 인사할 때나 야심 때문에
손을 잡지 말지니
그들은 질병이요, 옴이요, 가시이도다

문이 그대를 위하여 열려 있기를 원한다면
그 문을 향해 계속 걸어갈 일이로다

79

기다리지 말라, 희열의 바다로 뛰어들라
그러기 위하여 그대는 자신을 버려야 하느니
그 바다로 뛰어들라, 그러면 그대에게
소멸되었던 생명을 줄 것이라

침묵할지니
침묵의 길 위에 부재(不在)로 걸어라
그대의 자아가 살해될 때에
그대의 모두가 찬양될 것이로다

80

만일 하와(Hawwah)가
그대의 계교를 알았다면,
그녀는 난처함으로
자신을 불임녀(不姙女)로 만들어 버렸으리

만일 그대 영혼의 밑바닥이
감각에 의해 느껴질 수 있다면
온 세상은 흑색 중에서도
가장 검은색이 되었으리니

그대는 돌을 던지는 것조차도 낭비가 될
한 마리의 독사일러니
그대 자신 외에 어떤 돌멩이도
그대 머리를 깨칠 수는 없으리니

81

부정(不貞)하지 말라, 오 사랑하는 이여
파멸, 파멸되고 말리니
불 속 한가운데로 뛰어들라
가슴속으로 들라, 나방이가 되어라

그대 자신에게조차 타인이어라
오라, 그대 집을 포기한 후에
사랑하는 이와 같은 곳에 머물라

가라, 그대 증오의 가슴을 재떨이처럼
일곱 번 씻은 후에 다시 오라
사랑의 포도주를 위한 술잔이 되어라

사랑받는 자가 되기 위하여
순수한 영혼이 되어라
술 취한 자에게 가려면
취한 자, 취한이 되어라

82

왜 그대 자신을 이 아름다운 계곡에서
거부하려 하는가
그대가 가지를 뻗쳐 온 그 장소는
좋은 곳이 아닐진대

문지기가 되어라
부재(不在)의 황제(Sultan)를 위한 병사가 되어라
그리하면 겨우 미풍에 불과한 그대는
영혼의 호흡으로 구원되리니

그대 머리와 발을 따로 두지 말라
그 편으로부터 도망하라
추한(醜漢)들을 주목하고 그 파멸을 보라
그대는 머리도 없고 발도 없으리니

오, 안내할지니, 그대가 포도주나
재산에 취한 자가 된다면
그대는 타인은커녕 자신조차도 안내할 수 없도다
최초의 시작 이전에 취해 있던 자는
이미 자기 소멸되었나니

존재키 위하여는 먼저 존재치 않아야 하도다

83

무테질리(Mutezili)[*]가 나에게
무(無)가 유(有)인지 아닌지 물었을 때
나는 말했도다. "내가 나 자신으로부터 나왔을 때,
그것은 유(有)요, 내가 나 자신과 있을 때 그건 무(無)라"

그대의 입술을 사랑하는 이의 입술에 가져다 놓으려면
그대 자신을 비워야 할지니
이것은 피리의 재료인 갈대로부터 배울 일이로다
이 생각이 나를 새벽 정원으로 이끌고 갔도다
그곳은 이 세상의 밖도 안도 아니었도다

---

* 무테질리: 신을 믿지 않는 자를 일컬음.

84

행하는 것은 그대의 죄가 되고
재난은 그대의 행운으로부터 시작되도다
등불이 그대의 어둠을 창조하듯이
그대가 찾는 모든 것이 그대의 제약이 되도다

85

그대가 어떤 것을 없애려면
그대 욕망을 먼저 없애야 하도다
우리가 경험하는 모든 고난과 고통이
우리의 욕구로부터 나오도다

나는 그의 아름다움과 그의 장미원을 보도다
오직 우리의 은신처는 그의 은혜이므로

매일 아침 가슴이 깨어날 때
가슴은 그의 얼굴을 씻고
그 장소로 달려가도다
가슴은 사람들이 얼굴을 돌리는 곳에서
재난을 피할 수 있으므로
사람들은 어려움을 당할 때
자신들을 굴복하고 신에게 도움을 청하도다

86

내 가슴이 도움을 찾아 조각조각 찢어졌도다
도리 없음이 바로 도움이라는 것을
내가 알았을 때
나는 도리 없이 회개하고 말았도다

87

영원히 취(醉)해 머문 자들이
부재(不在) 속에서 자기 소멸되었도다
존재의 본질은 바로 없음이로다

88

오직 사랑이 천천히 우아하게 걸어 다니는
그 계곡은 얼마나 아름다운 계곡인가
이 계곡 위에는 신(神), 그 아래로는 부재(不在)
그 외에는 아무것도 없을지니

89

사랑이여, 만일 그대가 나를 원한다면,
나의 아픔을 나누고자 한다면,
나의 길을 가려 한다면,
불평하지 말라
그대의 불행을 후회하지 말라

나의 아름다운 이여, 슬픈 얼굴을 하지 말라
만일 그대가 만족하기만 하면
하늘조차도 그대의 종이 될지니

탐욕이 그대의 친지들을 타인으로 바꾸도다
인간이 그 탐욕을 품지 않았다면
모든 사람은 그의 삼촌이 되었을 것을

오, 나의 친구여, 와서 나와 같이 되어라
번영이나 은혜를 찾지 말라
악마도 그처럼 된다면
그는 병기로 옷을 입은 왕이 될 것을

이 세상은 아무것도 아니도다

우리는 아무것도 아니도다
모든 것이 꿈이요, 또는 하나의 망상임을
우리는 이 악몽 속에서 고투하고 있도다
만일 자고 있는 이가 자신이 잠자는 것을 알고 있다면
그는 악몽으로 시달리지 않을 것을

비록 그가 슬픔이 가득한 꿈을 꾼다 해도
언제고 그가 잠에서 깨어나기만 하면
그는 보물 속에 푹 파묻히고 말리니

어떤 이는 자신을 토굴 안에서 볼 것이요
어떤 이는 자신을 천국 안에서 볼 것이라
그러나 일단 그들이 깨어나기만 하면
거기엔 토굴도 천국도 없을지니

가난은 그 얼마나 번영과 축복인가
자아 소멸의 비밀이 바로 그 축복인 것을
그대가 그걸 경험한다면
이 보이는 모든 건 허무로 바뀌고 말지니

90

슬픔의 어둠 속에서 인내하라
두려워 말라
신(神)의 도움이란
어둠의 세계에서 찾아오도다

91

사랑을 받는 길이란 거칠도다
거기에서 사람은 이별의 슬픔에 떨어지고 말도다
신은 신에게 이르는 길에서의
단 하나뿐인 영혼의 친구이도다

92

사람들에 대하여 그의 이름은 사랑이나
나에 대하여 그것은 재난 제조자에 불과한 것을
하지만 그 달콤한 재난이여,
인간은 그것 없이는 행복할 수 없음이여

이 세상이 너무 작다면
사랑을 향하여 날라
밀폐의 산으로 날라
그대는 곧 불사조이니

그대 몸은 태양처럼
타올라야 하도다
만일 우주에서 빛나고
세상에서 밝게 되길 원한다면

93

우주의 시작은 혼돈과 소동으로 비롯했나니
그 끝은 흔들림과 갈라짐이로다
사랑과 감사는 불평과도 같나니
평화와 위안은 동요와 흔들림과 같이 오도다

94

선지자에게 화학작용을 배우라
신이 그대에게 준 것이 무엇이든
그것에 만족하라
그대가 재난을 받는 순간에
하늘의 문은 그대를 위해 열릴 것이니

슬픔은 그대의 친숙한 오랜 친구이니
그가 그대에게 올 때
포옹하고, 입 맞추고, 환영하라
고통이 애인으로부터 그대에게 다가올 때
그와 함께 기뻐하라
슬픔 후에 그 아름다움이 옷을 벗고
모든 달콤함을 줄 것이로다

매달려야 하도다, 슬픔의 옷을 꽉 쥐어야 하도다
그 옷 속의 아름다움은
모든 수난을 감내할 가치가 있으므로

* * *

슬픔은 내가 미소 지을 때 나를 보도다
나는 이를 재난이라 하지 않고
만병통치라 하나니
슬픔보다 더 길조는 없도다
그 보상에 대하여는 무궁무진 끝이 없도다

* * *

신은 간구의,
기도의 보답으로
흘러넘치는 은혜의 바다니라
이 환희는
단식과 기도와 그리고
자신과의 싸움으로부터 나오도다

* * *

눈물은 순교자의 피와도 같도다
울 수 있는 능력을 준 똑같은 신이
또한 마음을 열고 웃는 방도를 주었도다

* * *

우는 것보다 훨씬 나은 것 하나는
가슴을 봉사하는 것이로다
한 조각의 비단이 오십 자의 모직보다 나음이여

95

우리가 반기는 슬픔은 기쁨으로 바뀌도다
오, 슬픔이여, 내 품으로 오라
우리가 슬픔의 특효약이니

누에가 이파리를 먹을 때 고치를 만들도다
우리는 사랑의 고치이니
우리는 잎새도 없거니와 땅 위에 가지도 없도다

우리가 무(無)가 될 때 우리는 진정 우리나니
우리가 우리의 다리를 잃을 때
비로소 뛸 수 있는 자가 되도다

나는 입을 다물도다
나는 나머지의 시(詩)를
입을 다문 채 말하려 하는도다

96

인간이 모든 자신의 계획을 마련하고
방법을 강구하지만
자신의 운명은 모르는도다
일단 신의 의지가 도래하면
모든 계획과 수단이 사라져 버리도다

인간이 사고하지만, 그의 시야는 제한되었도다
그는 모든 간교를 다 사용하나 경건치 못할 뿐이로다

두 행보가 성공적이라고
두 발짝을 더 내디디지만
그는 신이 어느 방향으로
끌고 가는지를 모르고 있도다

집착하지 말라, 사랑의 왕국인
그 성(省)을 갈망하라
그 왕은 그대를 죽음의 천사로부터
구원한 자이도다

침묵할지니, 정착할 곳을 정하라

그대가 어디를 정하든
왕이 그대를 거기 정착게 할 것이라

그대는 확실히 알라, 이 모든 사람들이
죽음의 감옥에 들어 있다는 걸
죄수는 그대를 감옥에서 빼낼 수가 없도다

97

그대가 불을 두려워한다면
익지 않은 채 날것으로 머물라
그대가 초소로부터 달아나려 한다면
금방 덫에 걸리고 말지니

그대가 최전선에 있고자 한다면
늘 어지러움을 느끼게 될 것이라
비로부터 도망치듯
친구로부터 도망하지 말지니라

충성이란 일레스트(Elest)* 모임을 위한
하나의 대가(代價)니라

---

* 일레스트: 정신적으로 완벽함을 이룬 자들.

98

그대가 그로부터 불꽃을 취한다면
그대의 혀와 목이 타버릴 것이요
그대는 그로 인해 아우성치기 시작할 것이라
신은 각자에게 다른 음식을 주나니
삼키지 못할 것을 찾지 말지니라

영혼의 바람은 어디에 있는가?
내가 내 삶과 영혼을 바치리니
나는 조금의 재난으로
그를 포기할 겁쟁이가 아니로다

99

그대가 사랑에 익숙하다면
평판이 나쁜 친구들을 멀리하지 말라
그대는 곡식을 원하는 한 마리의 새이니
세상의 모든 곡식은 미끼일 따름이라

그대가 사기꾼과 같이 있을지라도
그것이 그대 명예를 더럽히지 않도다
그들이 바로 애인을 선택하는 자로다

사랑에는 많은 변덕이 따르도다
수줍음을 보이지 말라 그 대신
긴장을 풀고 너그러움을 보이라

오, 친구여, 그 불을 견딜지니
며칠이 지난 후엔
불도 물이 될 것임을
주막으로 가는 길을 안내해 달라
한 잔을 위하여 나는 온 세상을 팔았도다

오, 형제여, 사기꾼들은 어디에 있는가?

그들의 문이 닫혔다면
나는 그 지붕으로 떨어져 들어갈 것이로다

나는 잔을 나르는 그이 앞에서 죽으리로다
그 얼마나 황홀한 죽음인가
자신을 잃고 그로부터 이익을 얻게 되나니

100

누가 그대를 속이더라도 불평하지 말라
그대는 이미 백 번의 놀이를 하였도다
다른 이도 그대만큼 놀게 한 후에야
모든 건 비로소 공평한 것이로다

101

사람은 방법을 취하지만
그의 운명을 모르는도다
사람은 꾸미지만
신은 그 성패를 정하도다

102

그대 가슴이 조리 자체를 이해하지 못한다면
지옥에서 요리사는 그대를 조리할 것이로다

103

절망의 때 이후에는 희망이 있고
맹인에게는 가슴의 눈이 있도다

빛을 보지 않고는 아무도
그들의 소경을 모르도다
검은색을 보지 않고
어떻게 흰색을 알겠느뇨?

수백, 수천의
보기에 같은 형상이 있도다
보이지 않는 왕이 몰래 조종하는
수백, 수천의 의미와 행위가 있도다
바람이 침묵의 나무 잎사귀를 움직이듯
왕은 생물들과 의미들을 움직이도다

꾸짖음이 있는 곳에 사랑이 있도다
모든 미완성의 것들이
완성을 위하여 나아가도다
보이지 않는 일들을
명확히 보도록 힘쓰라

침묵할 일이로다

104

행운이 일단 그대 손에 들어오면
과거에 대하여는 말하지 말라
과거나 미래를 말하는 자나
그를 듣고 있는 자에 대하여는 웃을 따름이라

105

그대 가슴의 새가
새장을 부수고 하늘을 난다면
모든 것은 아주 쉬운 일이로다
형상들이 그 모양을 잃었다 해도
영혼이 완전함에 도달하는 한
별문제가 되질 않도다
성서가 찢어져도 그 발이
구원된다면 그는 괜찮은 것이로다

오, 영혼의 그 맛을 모르는 자여,
그대 영혼이 이 육신의
고문으로부터 자유로울 때
수백 번의 감사를 보내게 되리라

106

갈채로다! 만세로다!
얼마나 아름답고 황홀한 상태인가
그대를 다른 신분으로 해방시키다니
갈채로다! 만세로다!
얼마나 아름다운 주연의 아침인가
얼마나 향기로운 포도주인가

죽음의 천사조차도 자신에게 말하노니
"그만둬라, 거기엔 너의 병기는
도달하지 못하리니"

우리는 정말 아무것도 모르도다
지식이란 무엇인가?
그것은 죄악의 관용일 뿐
모든 죄를 씻기 위한 구실일 뿐

107

지난밤 내가 그랬던 것처럼
내가 자신을 벗어나 있다면,
만일 내가 말썽꾸러기들을
염려하지 않는다면,
나는 내 가슴이 포도주로 취할 때
그 나머지를
황홀경에서 말할 수 있도다
하지만 나는 지금 나 자신을
벗어나 있지 않으므로
침묵을 지키리니

108

말의 태반은 이미 말해졌도다
침묵할지니, 나머지 반은
말하지 말라
영혼의 황제(Sultan)가 그것을 선포하여
모든 사람들에게 듣게 하리니

109

말도 없도다, 귀도 없도다, 마음도 없도다, 오늘은
사고(思考)의 바탕이 되는 자가, 말들의 의미가,
나를 찾아냈도다

110

우리는 이제까지
태양과 당신의 아름다움을 닮은
얼굴 위에 그늘처럼 자아 소멸되었고
모든 재난으로부터 구원되었나이다
오, 주인이여

술 취한 자로서 저잣거리에 나오시오
거기에서 둘러보시오
모든 중요한 일들이 질서를 가지게 되나이다
오, 주인이여

죽음의 날까지 오로지 할 일은
시(詩)를 읊는 일이나이다
그 외에 모두는 무의미하나이다
오, 주인이여

      * * *

나는 이제 침묵하나이다
당신이 나머지를 말하시오

당신이 말하시오, 오, 상징과 말의 황제(Sultan)여
오, 주인이여

111 축도(루미의 시)

우리들이 원하는
입맞춤이 있었나니
우리의 삶 모두를 가지고
영혼이 봄과 접촉하는

바닷물이 진주에게
껍질을 부수라, 고
간청을 하고 있다

그리고 백합, 얼마나 정열적으로
야성의 그대를 필요로 하느니

나는 달에게 창을 열어라
청하노니, 오라, 와서 그 뺨을
내게 대고 눌러라, 나에게 숨 쉬라

언어의 문을 닫고
사랑의 창을 열라
달은 문으로 오지 않고
창으로 오나니

112 깨어 있는 시

흩어지지 말라
친구여, 깨어라

우리의 우정은
깨어 있음으로 만들어졌나니

물레는 물을 받아 돌리고
울면서 내뱉는다

그런 식으로 물은 정원에
머물고 또 한 바퀴 구르고
그렇게 함으로 스스로 찾고
원하는 방식을 통하여……

여기 머물라
한순간에 수은이 떨듯이

내가 죽을 때 송장을 내놓으라
네가 내 입술에 키스하기를……

113

한 번에 하나 같은 문을 통하여
우리가 느끼는 이 경쟁심은 무엇이며
우리가 가기 전 한 번에 같은 문을 통하여
느끼는 이 경쟁심은 무엇인가?

사랑을 느끼지 못하는 자들아 그 사랑을 강처럼 당겨라

새벽을 마칠 수 없는 자들아 한 컵의 샘물처럼,
또는 석양의 저녁처럼 취하라
변화를 싫어하는 자들아

114

사랑은 신학, 그 너머에 있도다
옛 속임수나 위선
만일 그런 식으로 네 마음을 개선하기
원한다면 계속 잠자거라
나는 내 머리를 쉬게 하고 있도다
너를 두르고 있는
네 아름다운 말을 싸매라
그리고 잠들라
만일 네가 완전히 벗지 않았다면……

115

우리는 밥벌이를 포기해 버렸도다
지금은 모두 시 사랑에 열심이므로
도처에서 우리는 눈과 느낌이 함께
우리의 언어들로 초점을 맞추도다

116

나는 내 머릿속의 모든 걸 다 포기하고 말았도다
나는 그 옷을 발기발기 찢고 멀리 내다 버렸도다
만일 내가 완전히 벗지 않았다면
아름다운 너를 감고 있는 외투를
어찌하지도 못했으리

춤추는 작은 정령들로 가득한 낮
하나의 커다란 회전
우리의 영혼과 너와 함께 춤추는 발이 없는
그들의 춤 내가 네 귀에 대고 속삭일 때
그들을 볼 수 있나?

너는 '좋은 날', '나쁜 날'들을 갖지 않았나니
내가 썩기 시작해도
만일 내가 눈을 뜬다 해도
겁먹지 말라

인간의 모습은 고통과 도깨비 형태요
어떤 때는 순수, 밝음이요 어떤 때는
잔인하게, 사납게 또는 열리기를 바라도다

이러한 연상은 탄탄하게 그 내부에
단단하게 갇혀 있도다

신비는 의문을 반복해도
놀라운 곳이 명확하지 않으며
네가 용서할 때까지
그리고 너의 바람이 오십 년간
정지될 때 너는 혼동으로부터 건너지 말라
커다란 의혹의 배후에는
우리가 진정 아무것도 가진 것이 없나니

그러면 우리가 가기 전
어떤 때는 찬란하게 바보스럽게
총명치 않고 연구도 않고 사랑과 관계없는
바보스러운 생각만 가득하지만
많은 계획과 비밀스러운 밤의 일들을 결코
기억해 낼 수 없었다

머릿속엔 이상한 내가 비상하는 소요가 있나니
모든 입과 둘은 스스로를 돌고 비상하나니

도처에 그런 것들이 내가 사랑하는 것인지?

봄날에 과원(果園)으로 오라
거기에 빛도 있고, 포도주도 있고
석류꽃 속에 애인도 있나니

하지만 네가 오지 않아도 문제가 되지 않나니
네가 온다면, 그것 역시 아무 문제가 아니나니

117

내가 내 첫사랑 이야기를 듣는 순간
그게 얼마나 맹목인지도 모르면서
나는 너를 찾기 시작하였도다

그들의 연인들은 어디에서도
만날 수가 없었도다

우리는 생계를 위한 벌이를 포기하고 말았도다
그것이 모든 미친 지금의 사랑,
시의 전부이도다
도처에 그렇고 우리의 눈과 느낌은
그렇게 초점이 맞춰지고
우리의 말들도 줄곧 그렇다

그들의 행위란 줄곧 그랬었다

내가 너와 함께 있을 때
우리는 밤사이 재미있었도다.
네가 여기에 없을 때
우리는 잠을 이룰 수 없었도다.
이 두 가지 춤추는 작은 정령들과
불면증에 대하여 신을 찬양하고
이 둘의 차이에 대하여도 그러했도다.
춤추는 작은 정령들로 가득한 낮,
하나의 커다란 회전.

내가 첫사랑 이야기를
듣는 순간 눈먼 사랑인지도 모르면서
애인들은 마침내 아무 곳에서도
만나지 않도다.
그들은 서로가 혼자이도다.

입술 없는 꽃

초판 1쇄 발행 2003년 9월 25일
개정 1쇄 발행 2023년 9월 4일

지은이 | 메브라나 루미
옮긴이 | 이성열
발행인 | 강봉자, 김은경

펴낸곳 | (주)문학수첩
주소 | 경기도 파주시 회동길 503-1(문발동 633-4) 출판문화단지
전화 | 031-955-9088(마케팅부), 9530(편집부)
팩스 | 031-955-9066
등록 | 1991년 11월 27일 제16-482호

홈페이지 | www.moonhak.co.kr
블로그 | blog.naver.com/moonhak91
이메일 | moonhak@moonhak.co.kr

ISBN 979-11-92776-86-6 03890

* 파본은 구매처에서 바꾸어 드립니다.